건강하게
나쁜 예술 하세요.

炫錫
2025. 6.

고백의 시대

고백의 시대

이현석

위즈덤하우스

차례

고백의 시대 ·· 7

작가의 말 ·· 97

들어봐. 우스운 이야기야. 네게 필요한 이야기는 아닐지 몰라. 그래도 네게는 한 번쯤 하고 싶었던 이야기들. 그래, 어쩌면 너는 기억할지도 모르겠다. 이런 이야기라면 팔아볼 만하다고 했던 사람이 다름 아닌 너였으니까. 그때는 네 진심을 몰라서 웃어넘겼지. 지금 와서 내가 썼던 것들을 다시 읽어보면 글이라는 것에 내가 이렇게나 청량했던 적이 있었구나 싶어. 몇 년이 지났는지 몰라. 그건 '구글 번역기가 없었을 때는 어떻게 진료를 했을까?'로 시작하는 글이었어. 지금도 그렇겠지만 그때 내가 일하던 공업도시에는 이주 노동자가 많았어. 작고 외진 도시일수록 타국에서 온 사람들은 더 많았지. 국적도 다양했는데 공장마다 민족 구성이 달랐어. 이 공장엔 중국인이 많고, 저 공장엔 인도네시아인이 많고, 또 어떤 공장엔 우즈베키스탄 고려인이, 다른 공장엔 몽골인이 많았어. 텃세일 수도 있고 알음알음 일감을 구하다 보니 그렇게 된 것인지도 모르지. 영어를 잘하는 사람도 간혹 있었지만 못 하는 사람이 더 많았어. 그래서 나는 번역기를 썼어. 자주 쓰다 보니 요령이 생기더라. 우즈베키스탄 사람이랑 대화할 땐 우즈베크어보다 러시아어로 번역하는 게 나았어. 인도네시아 사람들과 대화할 때는 왜인지 몰라도 문장 단위보다 단어 단위로

입력하는 게 소통이 수월했어. 국가 이름과 공용어 이름이 달라서 당황한 적도 있었지. 캄보디아 사람이 처음 왔을 때였는데 번역기 도착어란에 '캄보디아어'를 입력했더니 아무것도 뜨지 않는 거야. 이상하다 싶어 혼잣말을 하다가, 앙코르와트 여행 때 크메르 문명, 크메르 왕국, 크메르 루주 같은 말을 자주 들었던 게 떠올랐어. '크메르어'라고 입력하는 순간 상대가 내 말을 이해했지. 그렇게 번역기를 쓰면서 진료하던 시절에 인상 깊었던 한 순간은 미얀마 노동자가 외래로 왔을 때였어. 닭인지 오리인지, 가금류 관련 공장이었는데 그런 곳에서 일하는 사람들에게 주의 깊게 봐야 하는 병은 천식과 피부염이야. 동물 털이나 소독약 때문에 호흡기나 피부에 문제가 생기면 법적으로도 문제가 커지거든. 한 명이라도 그런 증상을 보이면 전 직원을 다시 검사해야 하는 게 의무라 애매해지지.
법은 노동자의 건강을 지키려고
만들어졌겠지만 나 같은 사람이 받는 돈은
보통 사업주가 내거든. 일하는 사람들의
건강과 직결되기도 하고, 사업주의 수익과도
연결되는 일인 셈이지. 사업주가 많이 벌수록
노동자의 처우가 나아진다면야 고민할 게
없었겠지만 세상이 어디 그런 적이 있었나.
다행히 그분은 감기에 걸린 뒤 인후염이
만성으로 남은 경우였어. 나는 기침이 계속될
때 주의해야 할 점을 번역기로 설명하고,
몸짓으로 코를 세척하는 방법을 보여드렸지.
약을 처방한 뒤에 번역기 필담을 마치려는데
문득 한마디를 더 건네면 좋겠다는 생각이
들었어. 그때가 미얀마에서 쿠데타 세력이
내란을 일으킨 지 며칠 지나지 않았을
때였거든. 돌이켜보면 소름 돋는 일이었지.

아웅산 수치가 이끄는 국민민주연맹이
총선에서 압도적으로 승리를 하자, 건국 이래
기득권을 쥐고 있던 군부가 부정선거라
주장하면서 정치인과 시민을 학살했으니까.
그때는 자세한 내용을 몰랐고 그저 고향에 안
좋은 일이 생긴 사람에게 위로를 건네고
싶다는 생각 정도였어. 괜한 오지랖인가
싶었지만 안 하면 후회할 것 같았어. 나는
번역기에 입력했지. '선생님의 조국과 가정에
하루빨리 평화가 돌아오기를 바랍니다.'
문장은 버마어로 번역됐고, 그는 화면을
가만히 바라보다가 천천히 미소를 지었어.
그러고는 고개를 끄덕였지. "감사합니다."
또렷한 한국어로 인사를 남기고 그분이
진료실을 떠난 다음 나는 조금 멍해졌어. 무슨
기분인지 알 수 없었지만 그날이 그의 미소로
기억되는 건 당연했어. 퇴근 후에는 숙소로

돌아가 혼자 밥을 챙겨 먹었어. 원래 회식이 많기로 유명한 병원이었는데 코로나19가 터진 직후라 그런 문화가 사라진 건 불행 중 다행이었어. 그래도 연고 없는 곳에서 매일 혼자가 되는 기분이 늘 달갑지만은 않았어. 기억나? 그즈음에는 내가 서울만 오면 제발 좀 놀아달라고 했잖아. 그나마 그곳에서 심심치 않게 시간을 보낼 수 있었던 건 써야만 하는 소설들이 있어서였어. 밀려드는 청탁 때문에 쓰는 게 버거웠어도 그만큼 쓰는 것을 좋아했던 시절이었지. 집에서 쓰는 습관을 들이지 못해 설거지를 마치면 다시 출근하듯 숙소를 나섰지. 단골 카페까지는 걸어서 40분 정도 걸렸어. 이러다 폐업하지 않을까 걱정되긴 했지만, 늦은 시간까지 문을 열면서도 조용하기까지 한 공간은 소중했어. 거기서 두어 시간을 쓰고 나면 또 퇴근하는 거야. 나는 그걸 '두 번째 퇴근길'이라고 불렀어. 참혹한 자기 착취인데도 그때는 자조만큼이나 애정이 담겨 있었어. 그날따라 두 번째 퇴근길에서도 이주 노동자들이 많이 보였어. 밤이 깊어진 골목마다 각기 다른 언어가 흘렀지. 몽골어가 들리는 골목, 우즈베크어가 들리는 골목, 아랍어가 들리는 골목. 이 작은 도시에서도 사람들은 국적별로 흩어져 각기 모여 살았어. 그 사람들도 나와 같이 거리를 걸었고, 편의점 파라솔 아래 앉아 선선한 밤공기를 즐겼지. 수도권처럼 코로나 집합 금지 단계가 높은 곳이 아니어서 자정이 넘어서도 술집 문이 열려 있었어. 그래도 통유리창 안에서 그들을 보는 일은 드물었지. 왜였을까. 이유는 어렵지 않게 짐작할 수 있었어. 소주 한잔으로 하루치 피로를 풀고 있는 사람들을 탓하고 싶은 건 아니야. 다만

마스크를 방독면처럼 꼭 낀 채 원주민들과 떨어져 자기들끼리 이야기를 나누는 이주민들의 모습은, 감염병이 증폭시킨 혐오의 칼날이 어디로 향하는지를 선명하게 보여주고 있었지. 다수자의 세계에 속하지 못한 이질적인 존재들은 자신에게서 비롯된 아주 사소한 흠결조차 자신의 집단 전체에 위해가 될 수 있다는 걸 너무나도 잘 아니까. 나는 그때 그 사람들의 곁을 지나치면서 오래전에 읽었던 소설을 떠올렸어. 우리가 처음 만났던 소설 창작 수업 기억나? 작가에 대한 팬심으로 수강했다가 결국은 우리 둘 다 학을 떼게 된 그 선생은, 첫 수업에서 수강생마다 좋아하는 작가가 누구인지 말해보라고 했지. 내가 이런저런 작가의 이름을 대다가 오에 겐자부로를 말하니까 네가 어디서 아재 냄새가 나지 않느냐며

질색했어. 나는 어처구니없었지만 그래, 참는 게 이기는 거다, 싶어 무시했는데 네가 어느 작가의 이름을 말하는 순간 십수 년 전에 유행한 홍대 길거리 패션 같은 느낌이 나는 바람에 나도 내놓고 코웃음을 쳤지. 그즈음 나는 "나는 삶을 다시 고쳐 살 수 없지만, 우리는 삶을 고쳐 살 수 있다"라는 오에 겐자부로의 말을 금과옥조로 여기고 살았어. 조각조각 난 개인들이 조금씩 생각을 달리하는 것만으로도 우리는 우리 삶을 수선할 수 있다고 생각했어. 내내 젊기만 할 줄 알았던 나는 그러한 태도를 견지해야만 인간으로서 가치 있는 삶이라고 믿었어. 그러므로 소설도 나만을 수선하기 위한 것이 아닌, 우리를 수선하기 위한 도구가 될 수 있다고 믿었던 거야. 지금 생각하면 대단한 패기였다. 사람이 삶의 즐거움을 위해서라면

약간의 오글거림은 감수해야 한다지만, 흑역사를 펼쳐 읽고 나니 지금 내가 느끼는 것은 당시만 해도 내가 쓴다는 행위를 정말 사랑했구나, 정도. 앞으로 무엇을 더 이렇게 사랑할 수 있을까. 연서는 연서의 대상이 사라졌을 때 냉큼 불살랐어야 했는데 무엇이 아쉬워 나는 그대로 두고야 말았지. 너라면 어땠을까. 내가 아는 너는 무엇이든 남겨두어야 하는 사람이었어. 너는 책장 한 칸을 통째로 너를 인생에서 가장 지독한 나락으로 빠뜨렸던 사람이 준 책과 편지와 음반으로 채웠으니까. 가끔은 그런 네가 지금은 어떻게 지내는지 궁금하기도 해. 하지만 우리가 한순간 멀어진 뒤로 다시는 연락하지 않은 데에는 서로의 본능이 아는 이유가 있고, 멀어진 채로 사는 편이 더 낫다는 것을 모르지 않지. 그래도 가끔은 너와 보낸 밤이 생각나. 네가 이 빌어먹을 출판사, 더는 못 다니겠다며 해방촌으로 나를 불러냈던 여름밤 말이야. 너는 상사 욕과 작가 욕을 반반으로 해대면서 당장 때려치우겠다고 악을 썼고 나는 그래, 그래, 다 좋은데 지금 그만두면 전세자금대출 이자는 어떻게 낼 것이며, 청년도약저축은 벌써 깰 거냐고 물었지. 핀잔이 아니라 정말 궁금해서 물어본 것이었는데 돌이켜보니 내가 참 해맑은 개새끼였던 것 같기도 해. 그래도 동이 틀 때까지 네 한탄과 울음과 욕설을 들었던 공이 있으니 지금은 이해해주길 바라. 너는 눈치 없이 그딴 얘기 하지 말라면서 이제는 사업을 할 거라고 사업 아이템들을 두서없이 읊었지. 서점을 할 거랬다가, 무슨 전문 서점을 할 거랬다가, 다른 무슨 서점을 할 거랬다가, "아니야! 술장사가 낫겠다!"라고 외친 너는 위스키 바를 할 거랬다가, 와인 바를 할 거랬다가, 그냥 술집을 할 거랬다가, 결국에는 술 파는 서점인지, 책 파는 술집인지를 할 거라는 말에 나는 분서갱유 당할 때 책이랑 같이 파묻힌 유생이 환생했느냐며 뭘 해도 그놈의 책이냐고 그럴 바에는 차라리 출판사를 차리라고 이번에는 정말 핀잔을 주었지. 그러자 너는 "그럴까?"라면서 진지하게 눈을 반짝였어. 나는 기가 차서 웃었지만 너는 더욱 진지하게 얘기했어. "곡소리만 나는 판처럼 보여도 안 그래. 책 장사도 사업이거든. 딱 한 권 대박 쳐서 비즈니스 클래스 타고 놀러 다니는 애들이 보기보다 많아. 물론 한탕 칠 생각으로 무작정 뛰어들면 쪽박 차기 십상이지. 내가 마케터와 편집자를 두루 거쳤잖냐. 경험상, 열 권을 낸다 쳤을 때 10만 부 넘게 팔릴 한 권을 찾기보다는 만 부 남짓 팔 수 있는 열 권을 기획하는 게 이 바닥에선 중요해." 너는 대단히 진지했고 나는 네 말에 거의 설득당할 뻔했어. 사기당하는 사람이 이런 식으로 당하나 싶을 정도로 여차하면 투자금이라도 넣을 기세였지. 하지만 너는 내게 돈 대신 최소 열 권은 네가 차릴 출판사랑 계약해야 한다고 엄포를 놓았어. 무언가를 만드는 과정에서 희열을 느끼는 것도 사람의 본능일까. 우리는 밤이 깊도록 술집을 옮겨가며 만 부짜리 책을 기획했지. 머리를 맞대고 고민하는 동안 나는 아직 한국에 번역되지 않은 책들을 네게 보여주었는데 리처드 셀저도 그중 한 명이었어. 처음에 너는 폴 칼라니티의 《숨결이 바람 될 때》 같은 콘셉트로 팔 수 있을지 모르겠다며 흥미를 보였지만 아마존 리뷰를 훑어보고는 이래서는

2천 부도 안 나가겠다며 퇴짜를 놓았지. 그러고는 나보고 차라리 네가 셀저에 대해서 느끼는 감정을 써보라고 했어. 차라리 그게 만 부짜리는 될 거라고 말이야. 그때는 누가 그런 걸 읽겠나 싶었는데 그 뒤로 출판사 두 곳에서 비슷한 주제로 에세이를 내자고 했던 것을 보면 네가 없는 말을 한 건 아니었나 봐. 소설 쓰기도 버거운데 에세이까지 쓰면 파국을 맞을 것 같아 포기했지만 말이야. 그러다 소설 쓰기마저 멈추고 쓰지 않는 나날이 길어질수록 셀저가 달리 보이더라. 리처드 셀저는 만 46세였던 1973년에 《수술의 의식》이라는 소설을 발표하면서 데뷔했어. 늦은 나이에 작품 활동을 시작한 셀저는 첫 작품 제목에서 짐작할 수 있듯이 외과 전문의로, 개원 의사이자 대학 병원 겸임교수로 일하다가 57세에는 전업 작가가 됐어. 그러니까 11년 동안 동네 의원을 운영하면서 대학 강의도 하는 중에 소설도 썼던 거야. 회고록에 따르면 셀저는 소설을 쓰기 위해 저녁 8시 전에 잠들었다가 새벽 1시에 일어나 글을 썼어. 그러고서 새벽 6시에 잠깐 눈을 붙였다가 7시에 다시 일어나 출근했어. 하루이틀도 아니고 11년 동안. 나도 한때 '갓생 살기'라는 것에 일가견이 있다고 생각했는데도, 셀저의 루틴은 솔방울로 수류탄을 만들었다는 이야기처럼 들렸어. 물론 전혀 대단해 보이지는 않았지. 몇 년 동안 내가 갓생을 살고 나서 깨달은 것은 다음 두 가지였거든. 1) 건강한 인간으로 살아가기 위해서는 소설을 쓰지 않아야 한다. 2) 만약 소설을 쓰지 않더라도 갓생을 산다면 여러분은 빠르게 죽는다. 그때의 일기장만 살펴보아도, 소설을 그만 쓰기 전 두 해

동안은 피폐, 답답, 울분, 스트레스, 악몽,
정떨어짐, 포기, 폭식, 우울 같은 단어들이
높은 빈도로 등장했어. 왜인지 우리는
서로에게 부정적인 감정의 파고가 높아질수록
서로를 더욱 찾았던 것 같아. 우리가 유독
자주 만났던 것도 그즈음이었을 거야.
무언가를 잘해보고 싶다는 열망이 쓰지
못하도록 만드는 것을 넘어 나를 해하기
시작했지. 그러다 세차게 넘어졌지. 다시는
일어나지 못하리라는 예감이 들 만큼
넘어졌었어. 죽는 것 말고는 방법이 없겠다는
파국적 사고가 머릿속을 지배했어. 그럴 때
네가 나의 구조대가 되어주었어. 12월 말,
아니면 1월 초였는데도 봄이 잘못 온 것처럼
포근한 날이었어. 너는 내리 열흘을 꼼짝하지
않고 있던 나를 찾아와 억지로 집 밖으로
끌어냈지. 그다음은 모든 게 즉흥적이었다.

네가 모는 차를 타고 우리는 하조대로 갔어.
끝없이 이어지는 터널을 지나니 산은 높고
하늘은 맑았지. 차를 타고 가면서 우리는 마침
비어 있던 숙소 하나를 예약했어. 농막을
개조한 독채였는데 그곳에 도착하니 고양이
네 마리가 우릴 반겼지. 짐을 풀지도 않고
고양이랑 놀다가 간식을 사 오겠다고
약속하고는 숙소에 있던 자전거를 타고
논두렁 밖으로 나갔어. 논길을 따라 30분쯤
달리면 바다였어. 길은 완만한 비탈길이라
페달을 가볍게 밟아도 앞으로 나아가는
느낌이었어. 이따금 땔감을 실은 트럭이 우리
뒤로 다가왔고, 우리는 옆으로 비켜서 트럭이
지나가길 기다렸다가 다시 페달을 밟았어.
나는 한참 전에 멀어진 또 다른 누군가에게서
선물받은 겨울용 스웨트셔츠를 입고 있었지.
셔츠의 기모 안감과 가슴팍 사이에 땀이 맺힐

즈음, 파도가 보였어. 여름내 북적였을 해변은
적막했다. 차갑게 굳은 모래는 사람 무게로
밟아보아도 쉽게 무너지지 않았지. 파도가
멀리서부터 켜켜이 밀려왔어. 우리는 포말로
부서져 해안에 닿는 자리까지 걸어갔다가
뒷걸음질 치길 반복했어. 그러다 뒷걸음질 친
자리에 서서 여느 때처럼 오래도록 이야기를
나누었지. 밀려왔다 돌아가는 물처럼
다가왔다 사라지는 것들에 관해서 말이야.
우리가 공유하는 그늘은 한편으론 같고
한편으론 너무 달라서, 말하지 않아도 알 수
있는 것만큼 이해 못 할 부분도 적지
않았지만, 그 순간만큼은 서로의 그늘을
소란스럽지 않게 나눌 사람이 있어 감사했어.
너는 알까. 스웨트셔츠를 주었던 사람처럼,
너도 이제는 영영 멀어졌지만 그때의
마음만큼은 무엇에도 침범되지 않을

진심이었다는 걸 말이야. 그런데도 이 마음조차 너를 이용하는 것인지 몰라. 태어난 김에 쓰고, 쓴 김에 세상에 내보이기로 작정한 자라면 크든 적든 가질 수밖에 없는 딜레마. 내가 리처드 셀저의 이름을 처음 본 것은 한 의료윤리 세미나를 준비하면서였어. 한때 '글 쓰는 의사'로 유명했던 사람이 페이스북에 자신이 진료했던 어느 살인 사건 피해자에 관한 글을 올렸을 때였어. 무언가를 쓰거나 그리는 일을 병행하던 동료 의사들은 선을 넘었다고 입을 모았어. 다들 그렇게 말하니 문득 궁금해졌어. 선은 도대체 어디 있는 걸까. 나는 선을 지켜왔을까. 무엇이 선인지도 모르고 선을 지키고 있다고 믿었던 걸까. 각자가 선이라고 생각하는 임계점은 얼마나 다른 걸까. 이런 의문에는 누구도 대답하지 못했지. 그래서 우리는 주변의 의료윤리학자와 의사학(醫史學) 교수를 끌어들여 세미나를 조직했어. 지금도 마찬가지지만, 그때도 우리나라에는 의료인의 대중 저술 활동에 대한 학술적 논의가 거의 없었어. 국문 열쇠말로는 의미 있는 선행 연구를 찾는 게 불가능했던 우리는 각자 'Physician/Author'라는 열쇠말로 논문을 검색했어. 미국을 제외하면 이 카테고리에서 연구가 축적된 경우를 찾기 어려웠기 때문이었는데 그러면서 알게 된 건, 미국 출판계에서는 '의료 수기'가 하나의 탄탄한 하위 장르로 구축되어 있다는 사실이었어. 동시에 그들은 그만큼 치열한 윤리적 논쟁을 쌓아왔지. 뭐랄까. 무엇이든 사고팔 수는 있지만 기왕 판다면 소송의 여지 없이 팔아야 하는 시장주의와 변호사의 나라여서 이런 것일까, 라는 인상을 받았어. 그렇게 우리는 미국 사례를 중심으로 읽을 자료를 수집해서 3개월 동안 세미나를 진행했지. 서로의 작업과 현업에 도움이 될 만한 이야기를 주고받으면서 나 역시 논의를 바탕으로 단편소설 하나를 써서 발표했어. 우연히도 직후에 문단에서 사생활 도용 논란이 연달아 터졌고 나도 남이 쓴 소설 때문에 내용증명을 한 통 받았지. 변호사가 보낸 문건을 읽으면서 처음에는 시큰둥했어. 너무하긴 했네. 그런데 소설이 언제부터 착취와 도용의 장르가 아니었지. 아마 출판사들도 이런 정도의 안일한 생각만 했을 것이고 그 결과 독자들의 분노를 샀어. 사람들은 '타인의 이야기를 쓰는 것'에 점점 날카로워졌지. 내게도 강연 요청이라는 형식을 빌려 비슷한 질문이 들어왔어. 어쩌면 너는 어느 편이냐고 묻는 예리한 날이었는지도 몰라. 나의 이야기를 어디까지 쓸 것인지, 나의 이야기를 쓰면서 필연적으로 들어오는 타인의 이야기를 어떻게 처리할 것인지, 그게 불가피하다면, 그 타인을 글 속에서 어떻게 재구성할 것인지. 당연하게도 나는 지금도 그러한 질문에 대답할 수 없어. 다만 나는 의사와 환자처럼 권력관계가 뚜렷한 사이에서 만들어지는 서사 창작물에 관해서라면 말해봄직하다 생각했지. 그래서 세미나에서 오갔던 이야기를 바탕으로 강연을 준비했어. 내가 그때 만들었던 강의안은 미국에서 프라이버시권이 중요해지면서 환자 개인정보 보호가 강화되는 과정을 살펴보는 것으로 시작해. 미국 의회는 1996년에 '건강보험 이동성과 결과 보고 책무 활동에 관한 법'을 통과시켰지. 의무기록이 전산화되면서 전자 의료 거래의 표준화가 시급해진 상황에서 제정된 이 법안을 근거로,

의료인은 환자나 환자의 가족 구성원 및 친인척에 대한 정보, 구체적으로는 '건강 관련 식별 정보'를 공개적으로 공유하는 것을 원칙적으로 금지했어. 즉, '환자의 개인정보를 보호해야 한다'라는 도덕적 명제가 법적 의무로 전환된 거야. 이 변화하는 프라이버시의 지평은 임상 증례 공유 같은 학술적 사례뿐 아니라, 의료인의 대중 저술 활동에도 영향을 미쳤지. 개인정보라는 개념조차 희박했던 70년대부터 의학 소설과 의료 에세이를 써왔던 리처드 셀저도 결국 비판에 직면했어. 그런데 셀저는 '의사가 환자의 이야기를 쓰면 안 된다'는 시대적 당위에 단호하게 맞서면서 위의 인용문처럼 말했던 거지. 작가로서, 예술가로서 셀저의 소신도 들을 가치가 있다고 생각해. 다만 나는 셀저가 했던 말속에 반복해서 등장하는

단어들, 그러니까 '침묵'과 '검열'이란 단어가
자꾸 눈에 밟혔어. 쓰는 일과 관련해서
도돌이표처럼 되풀이되는 단어들이겠지만,
한창 작가라는 타이틀을 달고 책을 팔러
다니던 시절에 유난히 자주 들었던
단어들이기도 했어. 자주 들었다는 말은 문자
그대로 내 귀로 직접 들었다는 뜻이야.
코로나19 종식을 선언하기 전까지는 출판
관련 행사가 거의 비대면이었던 터라 모르는
사람을 자주, 많이 만나야 한다는 것까지
소설가의 업무 영역이라는 사실을 실감하지
못했어. 그런데 대면하는 일이 가능해지고
나니 정말 온갖 사람들을 만나야 하더라.
언젠가 우리도 그런 이야기를 나눈 적이 있지.
이 문명국가에서 아직도 너를 포함해 숱한
사람들이 신점이나 사주, 타로 같은
전근대적인 문물에 의존하는 이유가

무엇인가에 대해서 말이야. 네가 홍대삐삐언니인지 신당머털도사인지를 만나고 와서는 자영업을 하려거든 음기가 성한 곳으로 양기가 흘러드는 녹사평이나 이태원에서 하라는 말을 들었다며 부동산 앱에서 상가 매물을 신나게 찾아보았던 날이었지. 나는 그날 우리나라 사람들이 무속에 현혹되는 이유가 어쩌면 국민건강보험이 임상심리상담을 공공보험으로 보장해주지 않아서가 아닐까, 라고 추론했고 너는 격하게 고개를 끄덕였지. 그 추론이 여전히 유효하다면, 작가라는 직업군도 어떤 사람들에게는 무당 같은 존재인 걸까. 사람들은 작품을 읽고서, 혹은 읽지 않고서도 저마다의 고민과 해석과 의견을 내게 들려주고 싶어 했어. 대부분은 감사한 피드백으로 남아 있지만 난처해질

때도 있었지. 그런 경우는 예외 없이 '요즘 소설'에 대한 민원을 접수해야 하는 때였어. 요즘 소설은 깊이가 없다! 요즘 소설은 스케일이 작다! 요즘 소설은 피씨·퀴어·페미니즘 아니면 쓰지를 못한다! 요즘 소설은 안온·다정·무해한 이야기밖에 하지 않는다! '요즘 소설'의 정의를 가르치는 학원이 있나 싶을 정도로 비슷비슷한 불만들. 마땅히 알고 지내는 선생님 하나 없는데도 문단 민원 창구가 되어야 한다니 억울하기도 했지만 문단러가 아니라고 하기에도 애매해서 영업용 미소로 위기를 모면하곤 했어. 그래도 정말 가끔은 진성 빌런들에게서 귀를 씻어내고 싶을 만큼 경우 없는 말을 듣게 될 때가 있었어. 이를테면 어떤 책방에서 만난 나이 지긋한 자칭 선배 작가 선생이 그랬지. 자기가 장편소설을 출간하려고 하는데, 이

핏덩어리 같은 편집자 XX가 '저 뫼는 누이의 젖가슴'이라든지 '대지는 어머니 자궁' 같은 표현을 보고서 이렇게 쓰면 안 된다고 줄을 좍좍 그었다며 XXX, XXXX, XXXXXXX 등의 욕설을 자유자재로 구사하는데 못 참겠더라고. 욕설과 반말을 탑재한 입들이 주장하는 바는 늘 쓰는 자의 자유를 향해. 자유가 한국 와서 여러모로 고생이 많구나 싶더라. 피씨가 세상을 호령한다는 흔한 추정과는 다르게 이것이 현실이구나 싶어 허탈했지. 그래서 나는 참지 못하고 언성을 높였어. 뭐가 문제죠? 본인이 문학은 자유라고 하지 않았나요? 원하는 대로 자유롭게 쓰세요. 남들이 뭐라 하든 당신은 그냥 당신 글 쓰면 되는 거 아닙니까? 나는 눈을 부라렸지. 그런데 쩌렁쩌렁하게 서점을 울렸던 그 말이 지금은 부끄러워. 그냥 쓰는 거. 그거 사실은 어려운 거였는데 남을 손가락질할 때는 정의의 사도 성애자가 되어서 쉬운 일처럼 이야기를 하고 있었지. 언제는 하나도 어려운 일이 아니었던 것처럼 말이야. 그러고 보니 그즈음에 우리가 만났던 어느 하루가 떠오른다. 너랑 광화문에 에드워드 양 회고전을 보러 갔던 날. 오전에 〈고령가 소년 살인 사건〉을 보고, 오후에 〈타이베이 스토리〉를 보고, 마침내 〈해탄적일천〉까지 보고서야 극장을 나섰던 극한의 씨네필 데이 말이야. 그날도 우리는 엇비슷한 이야기를 했어. 둘 다 처음 보는 작품은 〈해탄적일천〉이었는데 마침 그게 에드워드 양의 장편 데뷔작이었지. 세 시간이 조금 넘는 영화가 끝나자마자 우리는 서로를 보고 피식거렸어. 영화에 등장하는 남매 린자리와 린자썬이 각기 영화 속에서 처한 상황이 그즈음 너랑 내가 각기

끝낸 두 연애의 파국적인 결말과 흡사해서였지. 영화는 선택에 따르는 결과란 무엇인가를 묻는 이야기였어. 장고 끝에 고른 선택지라도 결과를 전혀 담보하지 않는다는 점까지 인생의 보편성을 빼닮아 있었지. 에드워드 양의 영화를 보고 나면 대개 그렇듯 우리는 타인의 삶을 통째로 살아버린 기분이 되었어. 막걸리를 마실지, 위스키 바를 갈지, 니혼슈를 마실지 이야기하면서 서촌으로 향하는 중에도 영화 속 내용은 화두에서 떠나지 않았어. 그렇게 이야기하다 보니 불현듯 이런 생각이 들더라. 감독이 처음 만든 장편인 만큼 영화에 본인 경험도 녹아 있을 텐데 그렇다면 저 사람의 삶도, 속도 적이 고달팠을지 모르겠다고. 그러자 너도 똑같은 생각을 했다고 말하고는 갑자기 내가 오에 겐자부로를 좋아한다고 말했을 때와 똑같은 투로 진저리를 쳤어. "어우, 토 쏠려. 그러니까 저 사람이 저렇게 좋은 예술 했겠지." 네가 뱉은 말에 나는 웃음을 터트렸어. "병든 놈들이 좋은 예술 하고, 좋은 예술 하면 없던 병도 생기더라." 입으로만 부르짖던 퇴사를 드디어 단행하고서 마침내 녹사평에 작은 바를 열기 직전이었던 너는 그렇게 단언했어. 너의 냉소는 내가 지극히 좋아했던 장르라 껄껄대면서 웃고 있는데 네가 내 어깨를 툭 쳤지. "너는 건강하게 나쁜 예술 하세요." 그 말에 나는 박장대소를 멈추고서 콧잔등을 훔쳤어. 네가 무심하게 던진 한마디가 퍽 따뜻하게 들린 까닭은 내가 나쁜 예술은커녕 멈추어 있던 삶을 다시 시작하지 못할 만큼 깊은 슬럼프에 빠졌던 탓이었어. 그 무렵 나는 이런 답 메일만 보내고 있었어. 안녕하세요, 선생님. 제가 요즘 한 글자도 쓰지 못하는 상태라, 예정된 연재를 취소하고자 이렇게 메일을……. 안녕하세요, 선생님. 귀한 지면에 초대해주셔서 감사합니다만, 제가 지금 글을 쓸 수 있는 상황이 아니라……. 안녕하세요, 선생님. 어떻게든 이번 원고를 마무리하려 했으나 그러지 못하여……. 글을 쓰는 일은 나를 구성하는 요소 중 작은 하나였을 뿐인데도 그 사소한 하나가 자신을 부정할 완벽한 사유가 되어 있었어. 사과 한 알에서 벌레가 파먹은 딱 한 부분이 멀쩡한 나머지보다 더 커 보였어. 그것이 우울의 전형임을 머리로는 알았지만 막상 내 일이 되고 나니 객관적으로 보지 못했어. 쓰고 만드는 일은 답이 없잖아. 뚜렷한 기준도 없으니 백 점 만점도 없지만 좋은 소설이 무엇인지 어렴풋이 알 것 같았어. 읽다 보면 '내가 좋아하는 게 이런 거였구나' 싶은 순간이 가끔 찾아와. 그 '가끔' 같은 작품을 쓰고 싶어서 인물을 선택하고 사건을 선택하고 배경을 선택해. 선택지는 갈림길을 기하급수로 팽창시키고 단어마다 문장마다 구두점마다 또 선택해야 하는 무한한 굴레를 만들면 폭주하는 편도체는 필연적으로 불안과 초조와 우울을 야기해. "그래, 건강하게 나쁜 예술 하자." 나는 영화관에서 받아 온 포스터를 둘둘 만 채 보물처럼 품에 안고서 대답했어. 어디로 갈지 이야기했던 시간이 무색하게 위스키 바에서 막걸릿집으로, 막걸릿집에서 니혼슈 가게로 옮기는 동안 "건강하게 나쁜 예술 하자!"는 우리의 건배사였지. 하지 못할 것은 하지 못하겠다고 담백하게 말해도 된다. 글 하나 못 쓴다고 해서 세상에는 아무 일도 일어나지 않는다. 최적이나 최고의 무언가를 바라지 말고, 그냥 지금 행복하자. 내 기준에 조금 못 미친다 한들 폭삭 망하는 것도, 뭐 하나 달라지는 것도 없음을 알아차리자. 그냥 그렇게 건강하게 나쁜 예술 하자. 그냥 그렇게 살자. 아름다운 구호의 향연이었어. 그렇게 취하면 무슨 말인들 못 할까. 나는 이후에도 쓰지 못했다. 여기까지가 내 이력의 끝이라고 여겼지. 그런데도 남이 쓰는 것에 대해서는 그토록 쉽게 말했어. 진압이라는 명목으로 더 강하게 말이야. 진압은 이루어졌어. 그런데 막상 진압이 이루어지고 나니 이상했어. '저 어르신도 저 좋자고 읽고 쓰고 있을 텐데, 너무 심하게 말했나?' '그래도 사람 입에서 저따위 말이 나오면 안 되는 거 아니야?' 집으로 돌아오는 버스 안에서도 분노의 앙금과 착잡한 마음이 서로를 나무랐어. 목청을 높이면서 뱉었던 문장이 실은 내게 던진 말이 아니었을까. "쓰지 말아야 할 것은 쓰지 않아야 한다!" 지금은 당위처럼 받아들이는 저 문장이 어떤 식으로 법제화되었던가. 나는 그 과정을 정리해서 학술지에 논문으로 발표한 적이 있어. 1) 환자나 법적 보호자의 동의를 구할 것. 2) 개인정보를 식별 불가능하도록 변경할 것. 3) 위 두 가지 조치를 이행했음을 출판물에 명시할 것. 미국에서 '건강보험 이동성과 결과 보고 책무 활동에 관한 법'이 발효된 이후, 의료인이 환자의 임상 증례를 공인된 학술지에 출간하려면 이 세 가지 절차를 거쳐야 한다. 미국의사협회는 대중을 상대로 하는 의사들의 저술 활동에도 같은 기준을 적용할 것을 권고했다. 아이러니하게도 이 기준은 오히려 의사와 환자 사이의 관계에 부정적인 영향을 미쳤다. 동의와 각색이 지닌 근본적 한계 때문이었다. 동의. 이것은 원래 임상 현장에서 중요한 절차였다. 병원에서 시술이나 수술을 받아본 적이 있다면 동의서를 작성해본 경험이 있을 것이다. 의료윤리는 시간이 지나면서 '충분한 정보 제공에 입각한 동의'라는 기조로 발전해왔지만 실제로 환자들은 이를 권리라기보다는 압박으로 느끼는 경우가 많다. 서명을 하지 않으면 치료를 받을 수 없으니까. 그 순간 동의는 자율적인 선택이 아니다. 권력적으로 불평등한 관계에서 이루어지는 동의는 필연적으로 위력을 수반한다. 이 개념이 에세이나 소설 같은 대중 저술의 영역으로 들어오면 상황은 한층 더 복잡해진다. 만약 내가 환자이고 내 주치의가 글을 쓰는 의사라면, 심지어 그가 매우 윤리적인 의사여서 나를 치료했던 경험을 글로 남기고 싶다며 정중히 동의를 구한다고 가정해보자.

나는 선뜻 동의해줄 수도 있고, 아닐 수도 있다. 만약 주치의의 요청을 거절하기로 선택했다면, 그 거절이 어떤 불이익으로 되돌아올지 알 수 없다. 그렇다면 동의를 한다고 해서 달라질까. 그때도 불안은 피하지 못한다. 내가 동의했다고 해서, 그가 글로 남길 내용이 내가 생각하는 것과 같을 리가 없다. 만약 그가 내 돌출된 앞니에 대해 쓰고 싶어 한다면, 내 사타구니에 있는 하트 모양 타투를 묘사하고 싶어 한다면, 내 보호자로 병실에 왔던 날 우연히 들은 내 가계 부채 이야기를 쓰고 싶어 한다면, 나는 뭐라고 대답해야 할까. 쓰고자 하는 부분이 세밀해질수록 동의를 구하는 사람도, 동의를 거절하는 사람도 애매해진다. 애매함을 이유로 흐릿해진 경계 위에서 타인이 나의 일부를 묘사한 글을 출판하거나,

소셜네트워크서비스에 널리 퍼트려, 사람들이 내 앞니와 사타구니의 타투와 가계 부채에 대해 한마디씩 거든다면, 내가 동의했다는 이유만으로 나는 수치심을 느끼지 않을 자신이 있을까. 그렇기 때문에 윤리학자들은 다음과 같이 말한다. "동의를 받았다고 해서 문제가 사라지는 것은 아니다." 불평등한 권력관계에서 '진정한 자율적 동의'란 존재할 수 없다. 더군다나 취약한 계층들, 이를테면 영유아, 노약자, 한정치산자들은 더욱 쉽게 착취의 위험에 노출된다. 설령 동의가 완벽하게 이루어진다고 해도 문제는 남는다. 그것은 각색이다. 각색은 '식별 가능한 정보를 변경하고 은폐하는 것'을 뜻한다. 하지만 '식별 불가능'이란 가능한 조어인가. 이미 우리는 식별 불가능한 변경이 불가능해진 세상에 살고 있지 않나. 의무기록이

전산화되던 90년대 초반에 의료윤리학자 마크 지글러는 이미 이렇게 말했다. "환자 기밀은 쇠약한 개념이 되었습니다. 이 고백의 시대에, 에세이나 리얼리티 쇼, 블로그와 마이스페이스를 통해 개인의 이야기는 점점 더 상품화되고, 기밀성과 프라이버시는 그것을 공유하려는 시도와 불화하면서 공존하고 있습니다." 시간이 흐르고 기술이 발전할수록 사람들은 서로를 더 쉽게 찾아내고, 서로의 정보를 더 쉽게 엮는다. 그 안에서 식별 불가능한 변경은 신화로서도 기능하지 못한다. 환자의 몸에 권위적인 접근이 가능한 자가 환자의 동의를 받고 식별이 가능한 사항을 변경한다고 해도 동의는 온전히 자율적이지 않으며 각색은 정보 보안의 구멍이 듬성듬성 뚫린 다공성 사회에서 의미를 갖지 못한다. 따라서 어떤

의료인/작가가 환자의 이야기를 쓰면서
도덕적, 법적 의무를 다했다고 말한다면
자신을 속이는 일이 될 것이다. 그런데
역설적으로 이러한 가이드라인이 존재하기
때문에 스스로를 속이는 일은 무척 쉬워진다.
실제 미국의 의료 에세이 시장이 폭발적으로
성장한 시점은 '건강보험 이동성과 결과 보고
책무 활동에 관한 법'이 통과된 이후였다.
의료 에세이에 동의와 각색이 윤리적 규범으로
자리 잡자, 그 조치를 수행했다고 공언한
사람들은 어쨌든 자신은 할 도리를 다했다고
느낀다. 그 느낌은, 아마도 그 느낌은,
스스로에게 발급하는 면죄부였는지 모른다.
면죄부. 돌이켜보니 그렇다. 내가 원한 것도
그런 증서였는지 모른다. 언제인가 사람
앞에서 떠들어야 했던 때가 떠올라. 그것은 한
지방자치단체에서 시민들의 의견으로 그해의

책을 꼽는 행사였지. 소설집 표지와 잘 어울리지 않는 화기애애한 자리에 후보로 꼽히다니 신기한 일이다 싶어 호기심을 안고 갔던 기억이 나. 그때 청중석에서 나온 질문을 수합해 대신 전하던 사회자가 내게 의료 에세이나 의학 소설, 혹은 의학 드라마 중에 추천할 만한 것이 있냐고 물었지. 마침 사회자가 기자였기에 혹시 기자라면 다를지 궁금해서 "기자님은 기자가 주인공으로 나오는 소설이나 드라마를 보세요?"라고 되물었어. "그럴 리가요, 절대." 기자는 진저리를 쳤고 나는 소리 내어 웃었다. "저도 그래요. 〈하얀 거탑〉 이후로는 본 게 없어요." "〈슬기로운 의사생활〉도요?" "보는 걸 상상만 해도 소름 돋는데요?" "그래도 관련된 책은 읽으실 거잖아요? 하나 소개해주시죠." 무엇이 있을까, 골똘히 생각하던 나는 예전에 어느 인터뷰에서 모범적인 의료 에세이의 사례로 소개했던 책 한 권을 떠올렸어. 그것은 싯다르타 무케르지라는 오지랖 넓고 말도 많기로 유명한 저자가 쓴 《유전자의 내밀한 역사》였다. 무케르지는 암을 연구하고 치료하는 종양내과 교수인 동시에 《암: 만병의 황제의 역사》로 2011년에 퓰리처상을 수상한 작가이기도 해. 나는 《암: 만병의 황제의 역사》를 좋아했는데 다음 책이 유전자를 다룬다는 점이 재미있었지. 현대의 암 연구는 유전자 변이를 기반으로 이루어지기 때문에 그가 암을 다룬 책에 이어 유전자를 다룬 책을 쓴 것은 어떻게 보면 당연한 순서였어. 그러나 인류와 암에 관한 역사를 다룬 전작에 비해 유전자는 지루할 수밖에 없는 소재라 별 기대 없이 펼쳤는데 〈프롤로그: 가문〉이라는 첫 번째 장을 읽자마자 홀린 듯이 빠져들었어. 나는 스무 페이지 남짓한 이 도입부를 통해 무케르지가 자신의 가계에 면면히 흐르는 정신질환의 병력을 살만 루슈디의 《한밤의 아이들》을 연상시키는 압도적이면서도 우아한 산문으로 묘사한 것을 기억했지. 이후에 이어지는 챕터들은 유전학의 역사를 개인사에 엮어 톺아보는 내용이었어. 직접 본 환자를 단 한 명도 등장시키지 않고도 600쪽에 가까운 책을 써내려간 작가의 저력을 상찬하면서 나는 주저 없이 그 책을 추천했어. 문제는 집에 돌아온 다음이었어. 반성은 늘 이렇게 구업을 쌓은 뒤에 이루어지더라. 많은 사람들 앞에서 최애 작품이라고 떠들고 나니 걱정이 밀려왔어. 정말로 내 기억대로 쓰인 것이 맞나 싶어 책장 구석에 꽂아두었던 《유전자의 내밀한 역사》를 수년 만에 꺼냈어. 책의 첫 챕터인 〈프롤로그: 가문〉은 명망 있는 종양내과 의사이자 세계적인 논픽션 작가가 된 무케르지가 인도에서 지내는 본인의 아버지와 함께 콜카타로 향하면서 시작해. 콜카타에는 무케르지의 사촌 형 모니가 살고 있었어. 모니는 마흔 살이던 2004년에 조현병을 진단받은 뒤로 '미치광이들의 집'이라 속되게 불리는 수용 시설에서 지내. 그런데 무케르지의 아버지는 맏조카 모니가 앓고 있는 질환을 도통 받아들이려 하지 않았지. 아버지는 줄곧 모니의 주치의들에게 조현병은 오진이라며 항의했어. 무케르지와 동행하기 이전에도 아버지는 모니를 보러 혼자 콜카타에 온 적이 몇 차례 있었어. 혹시나 창살 뒤편에서 모니가 은밀하게 정상적으로 살고 있는 모습을 볼 수 있지 않을까 생각해서였지. 뒤이어 아버지가 맏조카의 질환을 강력하게 부인하는 기제가 무엇인지 드러나. 아버지의 네 형제 중 두 명인 라제시 삼촌과 자구 삼촌은 각각 양극성 장애와 조현병을 앓다가 적절한 치료를 받지 못한 채 거리와 시설에서 사망했어. 아버지는 평생에 걸쳐 자신에게도, 자신의 자녀에게도 그 맹아가 있을지 모른다는 생각에서 벗어나지 못했지. 무케르지가 사춘기 때 마음의 문을 닫고 부모와 대화를 하지 않자 이루 말할 수 없이 불안해진 아버지는 자구 삼촌의 조현병을 진단했던 정신과 의사에게 아들을 데리고 가기도 했어. 시간이 지나 미국에서 의사가 된 무케르지는 양극성 장애와 조현병이 유전적으로 강한 연관성이 있다는 것을 증명한 코호트 연구 결과를 접해. 이제는 자신의 불안이 되어버린 아버지의 걱정이 기우가 아님을 확인한 무케르지는 유전학의 역사가 지극히 개인적인 이야기, 즉 자신의 '내밀한 역사'이기도 하다는 점을 고백하면서 멘델이 완두콩으로 실험을 했던 브르노 수도원을 향해 시계를 되돌리면서 책이 본격적으로 시작돼. 여기까지 읽은 나는 책을 도로 책장에 꽂아 넣었어. 오랜만에 읽어도 여전했어. 아름답고 힘이 넘치는 산문이었어. 하지만 전에는 별생각 없이 지나쳤던 부분이 선명하게 보였지. 무케르지가 제 가계에 적어도 두 세대 이상 지속된 '광기'의 내력을 소상히 밝힐 수 있었던 까닭 말이야. 고향을 떠난 무케르지는 지구 반대편에서 성공적으로 정착한 이민 1세대로 살아가고 있었어. 이미 세상을 떠난 라제시 삼촌과 자구 삼촌은 물론, 지금까지 시설에 갇혀 있을지도 모를 모니 형 또한 무케르지의 저서를 읽을 리 만무했어.

아버지와 다른 친인척들은 그의 책을 읽을 수도 있으나 이제 그들은 무케르지와 완전히 다른 세상을 살아가는 사람들이었어. 그러니까 그것은 거리감이었어. 결코 읽힐 리 없다는 거리감. 읽는다고 한들 내게 티끌만큼의 손상도 주지 못할 거라는 거리감. 안심이란 것이 어쩌면 그 거리감에서 비롯되지 않았을까, 라고 생각하면서 나는 책장을 멀뚱히 바라봤어. 제목이 큼직큼직하게 박힌 책등에서 '내밀한'이라는 형용사가 유난히 도드라져 보였어. 그럴 수밖에 없었어. 네게도 말한 적이 있어. 몇 번이고 말했었지, 내 가계에 면면히 흐르는 마약 중독과 알코올 중독과 도박 중독과 양극성 장애의 병력에 관해서 말이야. 자전거를 타고 하조대로 나갔던 그 겨울의 해변에서였어. 멀쩡한 척을 해보아도

멀쩡함과는 늘 거리가 있었던 나의 마음은
도대체 언제부터 어떻게 망가졌는지
궁금했지. 타래를 감으면서 거슬러 올라가다
보면 그것이 구차한 숙명이었음을 받아들이고
고개를 끄덕이게 돼. 포말이 흩어지는
아름다운 바닷가에서 잘도 음울한 이야기를
하던 나는 네게 뒤통수를 얻어맞았지. "정신
차려, 새끼야." 퍽 소리 나게 말이야. 그러고서
우리는 수산항으로 갔어. 물회를 먹고,
안줏거리를 사서 숙소로 돌아왔지. 숙소 앞에
도착하니 고양이들이 경계심 없이 우리에게
다가왔어. 검은 비닐봉지에 들어 있는 안주를
뒤적거리던 너는 스티로폼 포장을 하나 풀어
새우 한 마리를 꺼냈지. 새우를 흔들자마자
잽싸게 낚아채고는 오물거리는 작은 입들을
보면서 우리는 흐뭇해졌어. 값진 사료를 주던
우리는 밤이 깊어서야 농막 안으로 들어갔어.

온갖 독주를 챙겨 온 너는 칵테일을 만들기 시작했지. "너 정말 술 파는 서점인지, 책 파는 술집인지, 그거 하게?" 내 물음에 너는 어이없다는 듯이 나를 봤어. "내가 책을 왜 팔아? 술집 차릴 거야, 술! 집!" 정색을 하는 네 목소리와 달리 너는 내가 챙겨 온 몇 권의 시집을 보더니 "저거 좋냐? 좋다는 사람 많던데"라며 거듭 물었어. 나는 모른다고 했지. 읽지 않아서 읽으려고 가져온 시집들이었으니까. 마음이 우중충할 때는 왜 시가 끌릴까. 여유가 생기면 읽겠노라 미뤄두었지만 여유는 만들지 않는 한 생기지 않았어. 평소에는 시를 읽을 깜냥이 못 된다고 생각한 터라 받기만 하고 읽지는 못했던 지인들의 시집을 이 기회에 읽겠다고 챙겨 왔었지. 막상 여유를 만들고 보니 시집 대신에 고양이가 들어왔어. 고양이들이 농막으로

들어오면 들어오는 대로 우리는 고양이들이랑
놀다가 고양이가 나가면 나가는 대로 너는
종일 내게 했던 이야기를 반복했어. 스스로를
아껴. 너를 낭비하지 마. 여유를 가져.
힘들어도 직면해. 자책할 필요 없어. 익명의
알코올 중독자 자조 모임 같아 피식거렸지.
뻔한 말이었지만 필요한 말이기도 했어.
그러다 네가 저 시집들로 이런 것을 해보자고
했지. 무속의 영원한 신봉자답게 너는
'시점'을 치자고 했어. 그게 뭐냐는 말에 너는
말했어. 눈을 감는다, 점을 치듯이. 책을
펼친다, 상대방을 생각하며. 펼친 시를
낭독한다, 듣는 이에게 선물하듯이. 마치 신이
하는 주사위 놀이에 우정을 시험하는 것처럼
눈을 감은 채 너는 시집 한 권을 골라 아무
페이지를 펼쳤어. 나는 귀를 기울였지. 시는
거짓말처럼 그날 하루와 닮아 있었어. 개 한

마리와 사람 두 명이 등장하는 시였어. 섬으로 여행을 떠난 셋은 해저터널을 지나 섬에 도착해. 언덕을 오르고, 절벽 위 해안도로를 달리고, 풀숲을 걷다 컹컹 짖는 개의 꼬리 너머 펑펑 터지는 불꽃놀이를 봐. "이럴 수가 있나? 너 술집 말고 점집 해라." 낭독자와 청자 둘 다 놀라운 우연에 까무러치게 웃었지. 시집을 돌려받은 나는 네가 점지했던 시를 다시 읽었어. 귀로 듣는 동안 명치를 건드린 문장을 눈으로도 읽고 싶어서였어. 우리는 몇 편의 시를 번갈아 읽었고 읽다 보니 밤이 깊었어. 시와 시 사이에 대화가 깃들었지. 뻔한 말이지만 필요한 말을 간간이 외며 슬레이트 지붕 아래 둥지를 튼 참새가 발 구르는 소리를 듣다 까무룩 잠에 들었어. 그것이 우리가 같이 갔던 마지막 여행이었어. 그래서 나는 지금 나의 이야기에 너의 이야기를 어떻게 덧대야 할지 모르겠어. 지금 내가 간직하고 있는 나의 이야기는 이런 거야. 내 가계에 면면히 흐르다 내 몸에까지 이른 병은 때때로 발작적으로 내 몸을 덮쳐. 숨이 가빠지고 폐가 수축하는 속도를 심장이 따라가지 못한다. 가슴 속에서 심장이 거칠게 울리면 불안이 목젖을 타고 올라와 혀끝까지 번져 말을 하지 못하게 돼. 검은 방 안에 그저 서 있는 느낌. 방은 고요하지만 내 귀에는 낙뢰가 몰아쳐. 누군가 내 몸에 손을 집어넣어 안을 뒤트는 것 같아. 그 손은 다른 누구의 손이 아니라 나의 갈비뼈. 뼈가 나를 조여. 부서트리지. 벽지가 일렁인다. 끓어오르는 것처럼. 내려앉은 천장이 아래로 꺼져. 문을 열려 해도 손잡이는 뜨겁지. 닿기만 해도 녹아 피할 곳 없어 창문을 열면 바깥 공기가 사나운 짐승이 되어 나를 덮쳐. 숨을 들이쉬고 내쉬는

것이 두려워. 내 그림자가 나보다 먼저
멈추리라는 예감이 들어. 어둠은 없다. 차라리
있었다면 좋았을 텐데. 밝은 형광등 아래
손가락이 곱아들지. 손바닥을 파고드는 희게
깎인 손톱을 보고 있으면 말을 듣지 않던
귓가로 누군가 속삭여. 이제는 멈출
시간이라고. 너무 꿈 같아 꿈이기를 간절히
기도하지만 지극히 현실이라 받아들여야만
해. 깨어 있는 꿈속에서 이해받지 못할 걸음을
떼야 하지. 내 안의 어떤 부분들은 이다지도
지독하게 어긋나 있어. 이 어긋남이 나를
꾸준히 구성해왔어. 어긋남은 곧 표준이나
정상, 평균이나 중앙값 따위에서 멀리 비켜나
있다는 말. 살면서 삶을 바꿀 만한 선택을 할
때면 나의 왜도(歪度)가 얼마나 되는지를
측정해. 왜도는 어긋남의 정도, 분포의
비대칭성을 측정하는 척도, 확률분포

그래프상 데이터가 좌우로 치우친 정도를
나타내는 숫자. 왜도가 0일 때 분포는
정규분포처럼 좌우 대칭이고, 왜도가
양수라면 오른쪽, 음수라면 왼쪽으로
그래프의 꼬리가 길게 늘어지지. 어느
방향인지 알 수 없지만 나의 꼬리는 길게
늘어져 있어. 너의 꼬리처럼 말이야. 우리는
길게 늘어진 꼬리를 가졌기에 저마다의
왜도를 지니고 살아가는 다른 존재들에게
끌렸던 것이 아니었을까. 내가 하는 일도
그랬어. 왜도가 나의 일을 선택했어. 사람들은
자꾸 물어. 그래서 당신이 하는 일이
무엇인가요? 어떤 선입견이 작용하는지
몰라도 간단하게 설명하면 대체로 이런
반응이지. 아유, 돈을 포기하고 그런 길을
걷다니 아주 의인이셔. 그러면 나는 손사래를
치지. 그럴 리가요. 저도 잘 법니다. 돈,

중요하죠. 오히려 한때 돈이 중요하지 않은
것처럼 굴었던 게 정말 문제였던 것 같아요.
저도 이런 식으로 돈을 벌 줄은 몰랐으니까요.
저는 직업병을 전문으로 합니다. 일반적인
임상과는 이비인후과나 신경과같이
해부학적으로 나뉘거나, 혈액종양내과나
결핵과처럼 병태생리학적으로 나뉘어요.
그런데 예방의학과나 제가 택한
직업환경의학과는 사람의 건강에 영향을
미치는 바깥 요인을 다룹니다. 특히 저희 과는
과 이름대로 직업적인 요인과 환경적인
요인에 집중해요. 현대 의학의 모든 줄기가
그렇듯 영미권에서 발달한 분과를 수입해서
들여온 것이지만 사업주의 노무관리 차원에서
발달한 서구의 직업환경의학과 다르게
우리나라에서 저희 분과는 민주화 운동과
떼지 못할 뿌리를 가졌습니다. 6월 항쟁

이듬해인 1988년 1월, 서울 영등포의 온도계 제조업체인 협성계공에서 일하던 열다섯 살짜리 소년공이 이상한 증상과 함께 온몸의 통증을 호소합니다. 소년의 손가락은 불과 입사 보름 만에 갓 잡아 올린 물고기처럼 떨렸습니다. 한 달째에는 무언가를 잡으려 하면 떨어졌고 무언가를 쓰다듬으려 하면 미끄러졌죠. 같이 일하던 어른들이 말했어요. 피곤해서 그런 거야. 공장에선 원래 손보다 기계가 먼저 닳아. 하지만 청력도 급격히 떨어졌고 시야도 좁아졌죠. 만 두 달 만에 소년은 불면과 두통, 환청까지 겪게 돼요. 소년의 세상이 어두운 병 속에 갇힌 것처럼 굴러갔습니다. 소년은 말을 잃어갔어요. 제 이름을 소리 내어 말할 때도 소년의 발음은 흐릿해졌죠. 흐릿한 발음으로 소리 내어 말한 소년의 이름은 문송면이었습니다. 정체 모를 병으로 고통받던 송면은 결국 일을 접고 고향인 서산으로 내려갑니다. 가족들은 병세가 깊어지는 송면을 데리고 크고 작은 병의원을 전전해요. 특정하기 어려운 증상뿐이라 의사들은 으레 해결하지 못할 정신질환쯤으로 치부하기 일쑤였죠. 아픈 원인을 찾지 못한 송면은 제대로 치료를 받지 못했습니다. 보다 못한 송면의 가족은 마지막이라는 심정으로 서울의 한 대학병원을 찾아갑니다. 송면이 외래에서 만난 소아과 의사 박희순에게는 마침 산업재해 추방 활동을 하는 지인이 있었죠. 그래서 박희순은 그 전까지 다른 의사들이 묻지 않았던 한마디를 송면에게 건넵니다. "아가, 너 어디서 일하다가 이렇게 됐니?" 이 한마디가 송면이 아픈 이유를 밝히는 중요한 단서가 됩니다. 옛날 온도계라고 하면 뭐가 떠오르시나요? 맞습니다. 수은이죠. 수수께끼 같던 송면의 증상은 바로 수은 중독으로 인한 미나마타병과 비슷했어요. 산재였죠. 하지만 엄혹한 세상이었습니다. 군사정권하에서 '산재'란 세상 밖으로 나와서는 안 될 단어였어요. 박희순은 송면의 가족에게 당시 빈민운동의 거점이었던 구로의원의 빈민 상담실장 김은혜를 소개합니다. 송면의 가족과 면담한 김은혜는 변호사 조영래와 노동활동가 박석운과 합심하여 송면의 산재 인정 신청을 진행하지요. 신청을 거듭해도 노동부는 산재가 아니라는 식으로 계속 반려합니다. 법적 해결이 난망해지자 송면 곁에 모인 사람들은 목소리를 더욱 크게 내자고 결심합니다. 그리하여 동아일보 기자 임채춘이 송면의 병실에 방문하고, 며칠 뒤 문송면이라는 이름이 세상 밖으로 나옵니다.

하지만 송면은 두 달 뒤인 1988년 7월에 숨을 거둡니다. 누구도 주목하지 않았던 소년의 아픔은 죽음을 통해서 세상에 파문을 일으켜요. 비슷한 시기에 다른 사업장에서 장기간에 걸쳐 127명이나 산재로 사망한 사건이 또 발생합니다. 지금은 남양주 다산 신도시의 멀끔한 아파트로 변모한 부지에 있었던 원진레이온이라는 합성섬유 업체에서 발생한 사건이죠. 그곳에서 인지 기능 저하, 기억력 감퇴, 사지 마비, 콩팥 기능 저하 등 이황화탄소 중독 증상이 수많은 노동자에게서 나타납니다. 몇몇 노동자들이 증상의 원인을 밝히기 위해 정부에 진정을 제기했고, 진정을 계기로 1987년에 '원진레이온'의 존재가 세상에 알려졌죠. 노동부는 뒤늦게 조사에 착수해 사업장의 위법 사실을 발표했습니다. 덕분에 문송면과 원진레이온 피해자의 무덤에

때가 자리 잡을 무렵 산업안전보건법이 실효성을 가지도록 전면 개정되죠. 하지만 법이 개정된 후에도 노동부는 원진레이온 사건을 소홀히 대했어요. 피해자들은 고작 한 달짜리 요양 치료를 받고서 산재 등급에 따라 장애보상금을 지급받았습니다. 그런데 이황화탄소 중독은 평생에 걸친 후유증을 남겨요. 시간이 지남에 따라 증상이 악화된 노동자들은 재요양을 신청했습니다. 노동부는 이미 종료된 사안이라며 받아들이지 않았죠. 직업병을 인정받지 못한 이들이 조용히 죽어갔습니다. 원진레이온 노동자 중 최초의 직업병 사례자 김봉환은 병의 원인을 인정받지 못한 채 1991년 숨을 거두었죠. 같은 해에 원진레이온 노동자 권경용은 연탄불을 피운 방 안에서 극약을 삼키고 죽습니다. 이듬해 원진레이온 노동자 고정자는 정밀검진

결과를 기다리다가 목욕탕 수도꼭지에 스카프를 걸고 목을 맸죠. 이들의 죽음은 공분을 부릅니다. 세상에 남은 원진레이온 피해자와 가족들은 대책위를 꾸려 활동을 시작하지요. 문송면과 원진레이온. 이 두 사건은 해방 이래 방치되었던 한국의 열악한 노동환경에 대한 사회적인 각성을 부릅니다. 마침내 1992년, 직업병 인정 기준을 두고 이어진 투쟁 끝에 정부는 '명백한 인과관계'라는 엄격한 기준을 '상당한 인과관계'로 완화합니다. 노동 현장에 직접 들어가 이 상당인과관계를 판단하고 직업병을 예방할 전문 분과가 필요해지면서 1995년에 대한의학회의 분과로 산업의학과가 설립됩니다. 소아과가 소아청소년과로 이름을 바꾸고 정신과가 정신건강의학과로 이름을 바꾼 것처럼 산업의학과는 직업환경의학과로 이름을 바꾸어 오늘에 이르렀어요. 어떤 사건은 목소리가 주어지면서 세상에 겨우 존재합니다. 그리고 그런 사건은 표준이나 정상, 평균이나 중앙값 등에서 멀리 비켜나 있을수록 더욱 두껍게 가려지죠. 가려진 것을 드러내는 것. 저는 제가 하는 일이 그런 일이라고 생각합니다, 라고 나는 말했어. 당신이 하는 일이 무엇이냐고 묻는 이름 모를 사람에게 나는 그렇게나 잘도 떠들어댔지. 영영 의로울 수 있을 거라 믿었다. 그만큼 기고만장했어. 하지만 설령 그랬다고 할지라도 나의 말은 틀림없는 진심이었어. 그것이 내가 이 일을 선택한 계기인 동시에 한계였으니까. 가슴을 들끓게 해서 선택했더라도 일을 하다 보면 끝내 마주하게 되는 진실은, 일은 일이라는 점. 내 위태로운 자아가 마지막까지 의탁했던 일은 지겹고,

힘들고, 무엇보다 무기력해질 때가
태반이었어. 노동자의 의사라고 스스로
최면을 걸어보아도 국가가 산업보건에 드는
비용을 전액 부담하지 않는 현실에서
사업주는 비용을 댄다는 이유로 병원과
의사를 입맛대로 고를 수 있지. 내 명줄을
쥐고 있는 기업과 예각으로 맞서는 일은
언제나 쉽지 않았고, 때로는 일하는 사람의
건강을 지키겠다고 했던 행위의 결과가
건강한 사람만이 일터로 들어갈 수 있도록
만드는 관문이 됐어. 제도적 한계라는 빗금에
갇힌 채 발버둥을 쳐보았으나 종일 일을
하고도 무엇도 하지 않은 것 같은 날이면
괴로웠다. 너처럼 다 때려치우고 싶다는
생각이 들 때는 얼마나 많은 문송면과
김봉환과 권경용과 고정자들의 목숨을 대가로
내가 이 일을 할 수 있게 되었는지를 떠올리려

했지. 그렇게 넋들이 추동하는 힘도 분명히 있었어. 한 선배의 추천으로 산재 승인 절차의 최종 단계에서 승인 여부를 다투는 전문위원으로 몇 년간 일했을 때였어. 노사정을 대변하는 전문가들 사이에서 나는 노동조합 측 위원이었는데, 수많은 노동자의 피로 얻어낸 상당인과관계를 두고도 어떤 배운 자들은 과학적 정합성만을 따지거나 인과성을 소극적으로 해석하면서 명백한 인과관계를 여전한 기준처럼 들이밀었어. 그 돈이 마치 제 호주머니에서 나가기라도 하는 것처럼 말이지. 그런 자리에서 나는 재해를 당한 사람의 입장에서 인과관계를 좀 더 넓게, 가능한 한 최대한 넓게 해석하자고 말했어. 단지 내가 노동조합을 대변하는 입장이라서가 아니었지. 그보다는 이 절차가 누군가를 판단하는 심판대가 되어서는 안 된다는 마음이 앞서서였어. 나는 감히 심판자가 될 수 없었어. 아니, 되지 않아야 한다고 믿었어. 나는 이 절차가 어떤 판단을 내리는 일이 아니라, 이름을 붙이는 일이라고 여겼으니까. 그것은 고통에 이름을 붙이는 일이었어. 당신이 아팠던 건 당신 탓이 아니라고 말해주는 일. 누군가의 아픔에 손을 얹어 그 고통에 처음으로 말을 건네는 일. 그리하여 전례가 없던 사례를 전례로 만들어낼 때면 그 순간이야말로 내가 이 일을 하는 이유 같기도 했어. 그런데 이상하게도 그런 감정이 들 때일수록 정신을 붙잡아야 한다는 생각이 뒤따라왔어. 감정이 솟구치는 때야말로 이 감정이 어디서 비롯된 것인지 더 분명하게 들여다봐야 했어. 절차를 따라 증언과 증거를 조사하다 보면 피해자의 서사가 내 안에 스며들어 마치 내가 겪은 이야기처럼 느껴지곤 하지. 그 느낌은 감히 선을 넘는 것일까, 선 안에 안전히 머무는 것일까. 고통에 이름 붙이지 못한 사람을, 자신의 병을 스스로의 탓이라 믿는 사람을 만나 반복해서 귀 기울이다 보면 타인의 서사에 얽혀버려. 서사는 감정을 흔들고 내 안에서 흔들린 감정이 내 것 같아. 타인의 목소리를 빌려서라도 써야겠다는 마음으로 바뀔 때가 있지. 그럴 때 나를 붙드는 것은 또다시 선. 직업적 권리가 아니었다면 닿지 못했을 누군가의 몸과 삶에는, 그들이 몸과 삶을 건넸을 때의 절박한 마음이 있는 것이고, 그러하다면 결코 누구도 그들의 이야기를 함부로 빼앗아서는 안 된다는 단순한 선. 하지만 그 선이 선명할 수록 나는 선 뒤로 도망치듯 물러서고, '쓰지 말아야 할 것은 쓰지 않아야 한다'라는 전가의 보도 뒤에

숨어버리지. 선명한 문장은 때로 맥락을
지우고, 공동체 안에서의 나의 책임을
희석시켜. 이를테면, 만약에 송면을 대신해서
목소리를 내었던 사람들이 송면 곁에
없었다면 우리는 지금 어떠한 세상에서 살고
있을까. 나는 지금과 완전히 다른 일을 하면서
살고 있을지 모르고, 우리는 지금보다 조금
늦되고 더 낡은 세상을 살아가야 했을지도
몰라. 그러나 일이란 한편으로는 또 이런
것이기도 하기에, 넋으로 받은 힘조차
놓아버릴 때가 있지. 서울 땅값이 천정부지로
솟은 요즘에도 영등포에는 소규모 공장이
즐비한 거리가 있어. 그 거리를 걷다 보면
이렇게 쓰인 현수막을 여럿 만나게 되지.
'돈보다 생명을!' '건강도 업무의 일부!'
'당신의 안전보다 중요한 것은 없습니다!'
'산업보건은 당신과 당신 가족을 위한

투자입니다!' 마치 건국신화처럼 '하면 된다!'라는 슬로건이 통용되던 땅에 다종다양한 산업보건의 표어가 걸려 있다는 사실은 고무적이지만, 제도는 왜곡되어 있고 내게는 뾰족한 강제력이 없다는 것을 실감할 때는 표어는 그저 표어일 뿐이라는 사실만 절감하지. 예전 직장에서 나는 보건관리자를 두지 못하는 영세 공장의 보건관리를 대행하는, 컨설턴트 일을 한 적이 있어. 작은 공장이라면 6개월에 한 번씩 직접 방문해서 살펴봐야 하는데, 규모가 작을수록 직원 한 명 한 명이 감당해야 할 업무는 늘어나기 마련이라 협조가 되지 않았지. 정말이지 한 사람도 제대로 보지 못해서 서류 작업만 하고 돌아서야 하는 때도 종종 있었어. 공장은 공장대로 나를 산업안전보건법을 빌미로 사사건건 발목 잡는 존재로만 보고, 회사는 회사대로 나를 최대한 많은 공장에 보내서 이윤을 뽑아먹어야 하는 상품으로 보았지. 이렇게 해도 되나, 이런 식으로 일하고 돈을 받아도 되나 싶었지만 돈은 돈인바, 익숙해지다 보면 바람 부는 대로 어영부영 살게 되더라. 그러던 어느 날이었어. 새롭게 계약한 사업체라며 산업간호사가 서류를 건넸지. 서류에는 내부 도면과 발생 가능한 유해 인자와 실제 측정된 유해 인자 노출량이 일고여덟 페이지에 걸쳐 쓰여 있었어. 압력계, 온도계 같은 계측기를 만드는 그 회사의 이름은 지나치게 눈에 익었지. 공장에 도착하니 산업재해의 역사를 공부할 때 보았던 사진 속 건물과 똑같은 구조의 건물이 거기 있었어. 빨간 벽돌이었던 외관만 회색 외장재로 바뀌었을 뿐 회사 이름도 비슷했고 사업 분야가 계측기인 점도 같았지. 이름만

비슷할 뿐 내부 사정은 모조리 바뀌었는지도 몰라. 유해 환경도 서류에서는 이상이 없었던 것처럼 많이 사라졌는지도 모르지. 그러나 이것조차 추측인 까닭은 이 사업장도 협조가 되지 않았기 때문이었어. 현장 안으로 들어가 유해 인자가 높게 측정된 라인부터 살피고 검진상에 이상 소견이 있는 노동자를 면담하는 것이 우리가 하는 일의 상례였는데, 현장에 들어가기는커녕 업체에서 일하는 사람들 중 누구도 만날 수 없었지. 담당 간호사와 연락을 주고받았던 대리 한 명이 뒤늦게 와서 혈압을 측정하고는 무의미한 잡담만 하다가 끝이 났어. 이게 말이 되나? 나는 생각했지. 아무래도 여기가 문송면이 죽어갔던 바로 그곳이었던 것 같은데 말이야. "선생님, 여기다 이 사업장에 대한 소견 간단하게 써주세요." 간호사가 서류를 건네면서 말했어. "이건 정말 못 해먹겠네요."
서류를 받아 든 내가 웃으면서 말했지. "그쵸.
이럴 때는 정말 힘 빠지죠." 간호사도
웃으면서 말했어. "그러게요. 제가 여기다
무슨 소견을 써야 할까요?" 나는 농담조로
물었어. "글쎄요? 정말 뭐라고 적어야
할까요?" 간호사도 농담조로 대꾸했지.
우리는 근처에서 점심을 먹었어. 다른
사업장으로 넘어가기 전에 나는 배를 꺼트릴
겸 혼자서 가까이에 있는 안양천으로 갔어.
한강 합수부를 등진 채 천변을 걷다가
선유고등학교 쪽으로 걸음을 튼 것은 조금 전
방문했던 공장이 다시 보여서였어. 여기가
거기였겠지. 궁금해진 나는 검색을 해보았어.
검색 결과 페이지 맨 위에 텔레비전 뉴스의
기사 대본 하나가 뜨더라. [앵커 멘트] 서울
곳곳에선 시민들이 일상 속에서 인권의

가치를 되새길 수 있도록, 특별한 동판이 설치되고 있습니다. 서울시가 지난 2016년부터 진행한 '인권 서울 기억' 사업인데요. 그중 하나가, 과거 협성계공, 현재의 협성히스코 앞에 설치돼 눈길을 끌고 있습니다. 김지은 기자가 보도합니다.

[리포트/기자 멘트] 서울의 한 거리, 보도블록 사이로 눈에 띄는 삼각형 모양의 동판이 박혀 있습니다. 이곳은 과거 '협성계공'으로 불리던 노동 현장이 자리했던 곳. 지금은 사명이 바뀌었지만, 그 기억은 이 작은 동판에 고스란히 담겨 있습니다. 서울시는 2016년부터 시민사회단체의 의견을 수렴해, 인권사적으로 중요한 장소에 동판을 설치하는 '인권 서울 기억' 사업을 진행하고 있습니다. 누구나 지나칠 수 있는 거리 한복판에서, 인권의 의미를 다시 떠올릴 수 있도록 하기

위해섭니다. 동판엔 이런 문구가 새겨져 있습니다. [협성계공 터: 1988. 7. 2. 수은 중독으로 사망한 열다섯 살 소년 노동자 문송면이 일하던 곳.] 작지만 단단한 이 표지석은, 이곳을 지나가는 이들에게 노동의 가치와 인간의 존엄에 대해서 조용히 말을 걸고 있습니다. 그렇다면 동판은 틀림없이 이곳에 있어야 했어. 나는 공장 앞을 서성이며 바닥을 살폈지만 아무리 살펴도 동판은 보이지 않았어. 대신 보도블록에는 삼각형의 비어 있는 자리가 보였어. [리포트 계속/기자 멘트] 이 인권 현장 표지석 동판은 장소를 기념하는 데 그치지 않습니다. 디자인부터 인권의 역사와 맥락을 담고 있기 때문입니다. 서울시가 설치한 인권 동판은 모두 세 가지 형태로 나뉘는데, 원형은 시민의 저항이 있었던 곳에, 사각형은 제도적 폭력이

자행됐던 장소에, 삼각형은 국가폭력의 흔적이 남아 있는 장소에 설치됩니다. 협성계공 터 앞에 놓인 동판이 삼각형인 이유도 바로 여기에 있습니다. 이곳이 과거 군사정부가 나서서 산업재해를 은폐했던 국가폭력의 현장이었음을, 그 형태로 묵묵히 말하고 있는 겁니다. 작고 단단한 금속 조각이지만, 이 안에는 기억해야 할 우리의 역사가 담겨 있습니다. 서울시는 앞으로도 이 같은 동판 설치를 이어가며, 도심 곳곳에 인권의 발자취를 남길 계획입니다. KBS 뉴스, 김지은입니다. 김지은 씨가 손짓으로 가리켰던 자리에 있어야 할 동판은 뜯겨 나간 지 얼마 지나지 않아 보였어. 삼각형의 빈자리는 새로운 보도블록이나 잡초로 채워지지 않았었어. 누군가 뜯어버려 삼각형으로 꺼진 땅을 나는 가만히 내려다보았지. 그러고서 며칠 뒤에 나는 일을 그만두었고 한동안 다른 일도 찾지 않았어. 일이란 무엇이었을까. 정말 그저 그런 것일 뿐이었을까. 백수가 된 채 거실 바닥에 누워 일에 관해서 생각을 굴리다 불현듯 어떤 시가 떠올랐지. 네가 좋다고 했던 시는 내겐 너무 새롭고, 내가 좋다고 했던 시는 네겐 너무 둔중해 우리의 취향은 대체로 맞지 않았지만 김혜순의 어떤 시집이 나왔을 때는 어렵사리 둘의 의견이 일치해 물개 박수를 쳤지. 시집을 읽는 동안 현대 문명의 추종자답지 않게 궁금해졌어. 사람이 죽으면 마흔아홉 날을 구천에서 떠돈다는 말이 진실일지 말이야. 종교가 없고, 신을 믿지 않더라도 세상을 등진 사람에게 그만큼의 시간을 내어줄 아량은 어떤 종교의 신에게라도 있어야 하지 않을까. 불가에서는 한 생명이 다시 세상에 오려면 세

갈래 인연이 맞물려야 한다고 했어. 누군가의
몸이 다른 몸을 찾아가 닿고, 생명을 품을
시간이 도래할 때까지 보이지 않는 의식이
길을 나선다는 거야. 의식은 귀신이 되어
죽음과 삶 사이에서 떠돌다 누군가의 몸에서
사라지고 또 다른 몸에서 깨어나. 마흔아홉
날을 바람처럼 떠도는 신. 그것을 중음신이라
불러. 중음은 향기를 먹고 산다지. 옛 신화
속에서 늘 향을 쫓는 건달바처럼 구천을
떠돌다 다음 생을 구해. 욕망이 중음을 이끌어
뜨겁고 무거운 업이 교차할 때 중음은 자기가
부모가 된다는 착각에 빠져 검붉은 피에
닿으면 구천을 떠돌던 의식이 사라지고 또
다른 생이 시작된다지. 삶과 삶은 도돌이표라
죽음은 끝이 아닌 새로운 시작이 되고 중음은
다시 마흔아홉 날을 이어가. 그 중음을
마흔아홉 개의 시편으로 그렸다는 시집에서

첫 번째 시는 죽는 순간을 그려. 출근길
지하철에서 쓰러진 한 여자가 역사로 튕겨
나와. 곁에 있던 늙은 남자가 쓰러진 여자를
추행하고 가방을 훔쳐. 뒤이어 다가온 중학생
소년들은 쓰러진 여자의 주머니를 뒤지지.
그사이 여자의 영혼이 육신을 떠나 공중으로
떠올라. 제 앞에 펼쳐지는 파노라마를
바라보던 넋이 육신을 등지고, 마치 그림자와
멀어지는 새처럼 여자가 말없이 걸어. 영혼은
몸을 내버려둔 채 직장으로 향해. 가던 길을
계속 걸어가는 넋이 읊조리지. "지각하기 전에
도착할 수 있을까? 살지 않을 생을 향해
간다."• 넋이 되어서도 일터로 걸어가기를
멈추지 않는 넋을 머릿속으로 그릴 때마다
나는 공포로 선명하게 각인된 한 새벽의

• 김혜순, 〈출근 ― 하루〉, 《죽음의 자서전》, 문학실험실, 2016.

이미지를 떠올려. 위급한 재난을 알리는
비명은 이제 내 몸에 박혀 있어. 비슷한
소리만 들려도 살갗이 수축되는 것을 느끼지.
그것은 어느 5월의 마지막 새벽이었어.
찢어질 듯이 높은 음이 머리맡에서 울렸어.
처음에는 악몽의 잔향으로 여겼지만
아니었어. 짧고 높은 경고음이 또 울렸어.
나는 눈을 떴지. 그때는 너의 부재를
몰랐었지. 그런데도 이 소리를 마지막으로
들었던 날이 머릿속에 곧장 떠올랐어.
전쟁이나 대규모 화학 사고가 난 것도
아닌데도 서울 한복판에서 150명이 넘는
목숨이 한꺼번에 사라졌던 날의 기억이. 나는
모로 누운 채 메시지를 보았어. '서울 지역에
경계경보 발령. 국민 여러분께서는 대피할
준비를 하시고, 어린이와 노약자가 우선
대피할 수 있도록 해주시기 바랍니다.'

긴급재난문자에는 대피해야 하는 이유도,
고지대나 저지대나 지하처럼 대피할 수 있는
장소도 적혀 있지 않았어. 뒤따르는 안내 없이
대피할 준비를 하라는 말만 덩그러니 담긴
메시지에 나는 사색이 되어 벌떡 일어나
창문을 열었지. 맑디맑은 하늘 위로 공습을
알리는 사이렌 소리가 사방에서 들렸어. 실제
상황이라는 방송이 메아리쳐 울려 퍼졌어.
포털사이트는 모두 먹통이었어. 실제 상황이
아니라고 믿을 단서를 하나도 찾지 못한 채
여자 친구에게서 온 전화를 받았지. "이게
무슨 일이야?" "그러게, 대체 무슨 일이지?"
졸음이 가시지 않은 두 사람의 목소리는
떨렸어. 집에 텔레비전이 없는 나는 여자
친구에게 방송 뉴스를 틀어보라고 했어.
전화기 너머 들리는 텔레비전 뉴스에 귀
기울이면서 커다란 쇼핑백에 참치 캔과

라면과 햇반과 생수 따위를 닥치는 대로
집어넣었지. 손에 먼저 잡힌 옷을 걸쳐 입고는
쇼핑백을 들고 주차장으로 내려갔어.
마지막으로 보는 하늘이라 이토록 맑은 걸까.
잠잠한 하늘이 기이했어. 후암동에서 출발해
신설동에 있는 여자 친구 집으로 빠르게
가려고 가속페달을 밟았지. 그런데 숭례문도
채 지나지 않아서 또 긴급재난문자가 왔어.
'[행정안전부] 06:41 서울특별시에서 발령한
경계경보는 오발령 사항임을 알려드림.'
경계경보가 울린 지 22분이 지나서였지.
황당함과 안도감에 맥이 빠진 나는 여자
친구와 다시 통화를 했어. 이왕 이렇게 된 거
아침이나 같이 먹자며 가던 길을 계속 갔어.
몇 분 뒤에 광화문 사거리에서 멈춰 서서
신호를 기다리는데 출근길을 다룬 그 시가
떠오르더라. 네 군데의 횡단보도 교통섬은

이른 시간에도 출근을 하는 사람으로
가득했어. 절체절명일지 모를 순간에도
여기까지 왔을 사람들을 보니 시의 언어가
더없이 적절해 보였어. '살지 않을 생을 향해
가는 길'일지 모르는데도 '지각하기 전에
도착할 수 있을지' 노심초사하던 마음들이
사위에 무리 지어 있었어. 목적지에 도착한
나는 여자 친구가 미리 만들어둔
스크램블드에그를 같이 먹은 다음 간단히
씻고 다시 집을 나서야 했어. 당연하게도 우리
둘 다 출근을 해야 했기 때문이었지.
엘리베이터에서 내리면서 나는 코 먹는
소리를 내며 웃었어. 속 깊이까지 울리는 제법
묵직한 헛웃음이었지. 여자 친구가 일하는
병원까지 바래다주고 나는 성산동에 있는
작업실로 향했어. 신호에 멈춰 설 때마다 돌연
전쟁터가 되었다가 아무 일 없었다는 듯

평시로 돌아온 차창 밖을 물끄러미 바라보았어. 해프닝으로 정리됐어도 속은 계속 일렁였어. 경계심은 혈관에 박혀 있었지. 그 비좁은 관 안에서 불안감이 증폭했어. 서로 다른 방향으로 흐르는 물결이 마주치며 간섭을 일으키는 것처럼 마음이 뾰족하게 요동쳤어. 그날 밤도 마찬가지였으니까. 그날도 나는 사이렌 소리에 눈을 떴지. 뒤이어 찢어질 듯이 높은 음을 내면서 재난경보가 도착했어. 그날 밤의 사이렌 소리는 시가지를 울리는 공습경보가 아니었어. 아파트 옆을 지나치는 구급차와 소방차가 내는 사이렌 소리였어. 높아졌다 낮아지는 사이렌 소리가 점점이 이어졌어. 근처에 병원이 있는 것도 아니고 소방서가 있는 것도 아니라 너무 많은 소리가 이상했어. 그러고는 비명 같은 소리가 정수리 위에서 울렸지. 믿기지 않았어. 믿기지 않는 내용의 재난문자가 연달아 왔지. 점점이 들리던 사이렌 소리는 그물처럼 얽히고설켜 재난문자처럼 끊이지 않았어. 상황은 실시간 속보로 전해졌어. 불그스름한 빛이 길목을 가로막았고 내어보지 못한 간절한 목소리가 겹겹이 쓰러졌어. 시간이 얼마간 흐르고서야 나는 그날을 사후적으로 재구성해야 했던 적이 있어. 타의로 쓰기 시작한 글이었지만 써야 한다면 강박처럼 짜인 상상의 천국에 머물기보다는 울퉁불퉁한 다른 목소리들이 되는 편을 택했지. 우리가 이전의 참사들로부터 배운 사실이 있다면 재난 앞에서 가장 외로운 사람은 남겨진 사람이라는 점. 피해자를 비난하는 저열한 말들이 때마다 공론장을 점거하는 현실에 필요한 것은 사소할지라도 곁이 되는 목소리들. 곁에 설 수 있는 모든 목소리가 흩어지지 않도록 붙잡는 하나의 작은 목소리. 나는 그런 목소리를 보태기 위해 그곳에 있었던 누구도 걷지 않았다는 사실에서 출발했어. "한순간도 걷지 않았습니다. 계속 뛰어다녔습니다. 의료진에게 인계할 때, 다른 구급대원들에게 이송 지시를 할 때를 제외하고는 단 한 순간도 걷지 않고 뛰어다녔습니다." 2022년 10월 29일의 구급대원 행적을 정리했던 용산소방서 이은주 구급팀장의 말. 생사의 현장에 한 번이라도 있어보았던 사람이라면 공감할 수밖에 없는 말. 걷지 않은 것이 아니었다. 걷지 못했다. 걸을 수가 없으니까. 뛰어야 하니까. 땀에 흠뻑 젖어도 땀을 흘리고 있다는 사실을 잊어. 어디에 부딪혀 멍이 들어도 멍이 드는 줄 모르지. 어디에 긁혀서 피가 흐른대도 피가 흐르는 줄 모른다. 그날 밤 단순 시비 신고를 받고 출동했다가 뜻밖의 현장을 마주한 이태원 파출소 소속 경찰관 세 명도 마찬가지였다. 그들 중 한 명인 김백겸 경사는 골목 앞쪽에서 사람들을 구조하다 골목 뒤쪽으로 돌아가 인근 주점 난간에 올라 외쳤어. "사람들이 죽어가고 있어요! 제발 돌아가주세요! 보고 있지만 말고 이동해주세요!" 해밀턴 골목 뒤편에서는 모든 사람이 김 경사가 소리치는 방향으로 이동했어. 골목 앞쪽에서도 이미 많은 사람들이 다른 사람들을 돕고 있었지. 이태원역 1번 출구에 쪽지를 붙인 간호사도 그런 사람 중 하나였을 거야. 쪽지에 적힌 글에서 이름 모를 간호사는 자신이 시행했던 심폐소생술 때문에 당신이 혹여나 아프지는 않았을지 걱정했지. 마지막 순간까지 함께 있던 사람들의 안식을 기원하면서, 옆에서 손이라도 잡아드리고 눈감는 길 외롭지 않게 도와드렸어야 했다고 간호사가 적어둔 쪽지에는 말줄임표가 자주 등장해. 언어가 되기 힘든 잔상을 꾹꾹 눌러 담은 쪽지로부터 몇 발짝 떨어지지 않은 곳에서 패션잡화 매장을 운영하던 상인 남인석 씨는 그날 밤 쓰러지는 인파를 보고 서둘러 가게 문을 열어 몇 사람의 목숨을 구했어. 같은 시간 같은 장소에 갇혀 있다가 난간을 타고 현장을 빠져나왔던 자밀 테일러, 제롬 오거스타, 데인 비사드도 구조에 동참했지. 경기도 동두천의 미군 주둔 캠프 케이시에서 근무하는 세 사람은 가까스로 사고 현장을 빠져나왔지만 차마 발걸음을 돌릴 수 없어 밤새 구조를 도왔어. 그리고 우리는 알고 있어. 이름이 알려진 사람들 말고도 이름과 얼굴이 알려지지 않은 수많은 사람들이 구조에 동참했다는 것을. 심폐소생술 시행이 가능하신 분들은 도와달라는 확성기 소리에 그 자리에 있던 수많은 사람이 서슴없이 폴리스라인 안으로 뛰어들었어. 그런데도 소방관은 더 많은 사람을 살리지 못해서 죄송하다고 말했어. 경찰은 제 할 일을 다하지 못한 것 같아 면목이 없다고 고개를 들지 못했어. 간호사의 쪽지에는 짧지만 옆에서 마지막을 함께하면서 미안함이 컸다고 적혀 있었어. 상인은 참사 이튿날 골목에 제사상을 올리면서 그를 제지하는 경찰관에게 애들한테 밥상은 올려야 할 것 아니냐고 항변했어. 그리고 그 자리에 있었을 다른 많은 사람들이, 단 한 순간도 걷지 못했을 더 많은 사람들이 죄의식에서 빠져나오지 못했어. 왜 그 사람들이 미안함을 느껴야 하는 걸까. 왜 고개를 숙이고 죄책감을 느껴야 하는 걸까.

거기 있었던 누구 하나 의인이 되지 말았어야
할 평범한 사람들이었는데 말이야.
그것이야말로 해프닝이어야 했어. 조금 뒤면
모든 게 오보였다고 말해야 했어. 그날 밤
나는 다른 이들처럼 새벽이 밝아올 때까지
다시 잠에 들지 못했어. 밤이 깊을수록 사이렌
소리는 짙어졌어. 진동이 창틀 틈을 타고
들어와 내 안을 휘저었어. 소리의 정체를
알아버렸을 때의 과각성된 감정은 천천히
응어리져갔어. 마음 깊은 곳에서 딱딱하게
굳은 그것을 나는 어떻게 대해야 할지 알지
못했어. 날은 어김없이 밝았어도 어떤 이름은
다시 불리지 못했으니까. 다만 굳은 자리에서
가만히 깎여 나갈 거라고 여기지 않았을까.
잊지 말자며 새되게 외쳤던 모든 말들이 결국
옅어진 것처럼. 어쩌면 그렇게 되었을지도
몰라. 내가 한 문장을 읽지 않았다면 말이야.

그날이 지나고도 수백 번의 아침이 밝아온 후에야 나는 그 문장을 읽게 되었어. 이해 못할 알고리즘이었지. 그것은 누군가의 안부를 묻는 문장이었어. 물음에는 답이 없었지. 네가 대답해야 할 자리는 오랫동안 비어 있었어. 나는 알지 못했어. 우리에게는 공통의 지인이 없어 서로가 서로에게 환청이나 환시 같은 존재였으니까. 어느 한쪽이 일방적으로 만든 헛것이라 해도 이상하지 않았지. 이미 흩어진 환각. 물이 없음을 증명한 신기루. 알아도 알지 못해도 상관없는 딱 그만큼의 거리감. 우리를 연결하는 끈이 남아 있다면 그것은 그 정도의 얇기라고 여겼어. 하지만 네가 사라졌다는 사실을 안 뒤로, 너와 함께했던 시간이 내게도 없었다는 듯이 한순간 텅 비어버릴 줄은 몰랐어. 지금껏 썼던 이 글이 증거 없는 거짓이 될 줄은 미처 알지 못했지.

너를 알고 나는 모르는 사람들은 오래전부터
빈자리를 조용히 바라보고 있었어. 문장
밖은 침묵뿐이었지. 말이 되지 못한 말속에,
기록되지 않은 시간 속에 너는 있었고 나는
영영 그곳에 닿지 못해. 빈자리를 지키는,
내가 알지 못하는 이름들을 보면서
생각했지. 저들이 너를 몰라서 너를 쓰지
않았을까. 결코 그럴 리 없었을 터. 내가
이렇게 써버린 이야기들이 이제 와 어디까지
너였고 어디부터 나였는지 분간할 수 없어.
다만 어떤 장면은 여전히 내 안에 남아,
입 밖으로 꺼내면 흔적도 남기지 않고
휘발하리라는 것을 알고 있을 뿐. 나는
그것이 내 안에 남을 마지막 말이라는 것을
알아. 그것은 빈 곳에 머무르면서 몸짓으로
요동치지. 너를 부르며 시작했지만 끝내
너를 부르지 못해. 부르지 못해서 부르고

싶은 무언가를 남기지. 그러니까 들어봐. 우스운 이야기야.

작가의 말

잠영하다 잠시 솟아올라 호흡하듯,
막막한 시간을 보내다 열없이 고백한다.

흘러버린 시간이 폐장을 앞둔 수영장의 지독한 공기처럼 코를 찌르자 불현듯 그간 쓴 소설이 늘 자기 고백적이었음을 감지한 적이 있다.
그러고서 쓰기를 멈추었다.

소설을 포함한 모든 쓰기가, 공적으로

발화하는 모든 행위가 일순 곤경이 되었고, 곤경은 정신을 착실하게 부식시켰다.

　이 소설은 쉴 새 없이 쓰던 2020년부터 망가진 정신을 자각한 2023년까지 《중앙일보》《한겨레》《에픽》 등의 지면에 기고한 칼럼과 에세이를 재구성한 것이다.

　한창 창작에 몰입하던 그 서너 해 사이에 이 소설을 읽었다면 나쁜 소설의 전범이라며 박하게 굴었을 것이 뻔하다. 하지만 곤경의 언저리에서 찾은 최대치는 이미 뱉은 말을 양피지에서 조심조심 벗겨내는 것이었고, 벗겨낸 문자를 접거나 펼쳐 해진 자리에 덧입히는 것이었다.

　뼛속까지 이해한다고 느꼈던 인연들은

삶의 주요한 장면에서 예외 없이 사라졌다.
흐릿하게 남은 장면 속에 지나간 음악과
영화와 시만 뚜렷해지는 일 역시 너덜너덜해진
양피지를 떠도는 작은 글자들일 터.

무언가를 또 쓰게 될까.

지금은 다만 진부한 일상이 소중할
뿐이다.

2025년 5월
이현석

한 조각의 문학, 위픽

구병모　《파쇄》
이희주　《마유미》
윤자영　《할매 떡볶이 레시피》
박소연　《북적대지만 은밀하게》
김기창　《크리스마스이브의 방문객》
이종산　《블루마블》
곽재식　《우주 대전의 끝》
김동식　《백 명 버튼》
배예람　《물 밑에 계시리라》
이소호　《나의 미치광이 이웃》
오한기　《나의 즐거운 육아 일기》
조예은　《만조를 기다리며》
도진기　《애니》
박솔뫼　《극동의 여자 친구들》
정혜윤　《마음 편해지고 싶은 사람들을 위한 워크숍》
황모과　《10초는 영원히》
김희선　《삼척, 불멸》
최정화　《봇로스 리포트》
정해연　《모델》
정이담　《환생꽃》
문지혁　《크리스마스 캐러셀》
김목인　《마르셀 아코디언 클럽》
전건우　《앙심》
최양선　《그림자 나비》
이하진　《확률의 무덤》
은모든　《감미롭고 간절한》
이유리　《잠이 오나요》
심너울　《이런, 우리 엄마가 우주선을 유괴했어요》
최현숙　《창신동 여자》

연여름	《2학기 한정 도서부》
서미애	《나의 여자 친구》
김원영	《우리의 클라이밍》
정지돈	《현대적이라고 말할 수 없는 죽음들》
이서수	《첫사랑이 언니에게 남긴 것》
이경희	《매듭 정리》
송경아	《무지개나래 반려동물 납골당》
현호정	《삼색도》
김 현	《고유한 형태》
이민진	《무칭》
김이환	《더 나은 인간》
안 담	《소녀는 따로 자란다》
조현아	《밥줄광대놀음》
김효인	《새로고침》
전혜진	《고르디우스의 매듭을 자르면》
김청귤	《제습기 다이어트》
최의택	《논터널링》
김유담	《스페이스 M》
전삼혜	《나름에게 가는 길》
최진영	《오로라》
이혁진	《단단하고 녹슬지 않는》
강화길	《영희와 제임스》
이문영	《루카스》
현찬양	《인현왕후의 회빙환을 위하여》
차현지	《다다른 날들》
김성중	《두더지 인간》
김서해	《라비우와 링과》
임선우	《0000》
듀 나	《바리》
한유리	《불멸의 인절미》
한정현	《사랑과 연합 0장》
위수정	《칠면조가 숨어 있어》
천희란	《작가의 말》
정보라	《창문》
이주란	《그때는》
김보영	《헤픈 것이다》
이주혜	《중국 앵무새가 있는 방》

정대건 《부오니시모, 나폴리》
김희재 《화성과 창의의 시도》
단 요   《담장 너머 버베나》
문보영 《어떤 새의 이름을 아는 슬픈 너》
박서련 《몸몸》
금정연 《모두 일요일이야》
박이강 《잠 인터뷰》
김나현 《예감의 우주》
김화진 《개구리가 되고 싶어》
권김현영 《수신인도 발신인도 아닌 씨씨》
배명은 《계화의 여름》
이두온 《돈 안 쓰면 죽는 병》
김지연 《새해 연습》
조우리 《사서 고생》
예소연 《소란한 속삭임》
이장욱 《초인의 세계》
성해나 《우리가 열 번을 나고 죽을 때》
장진영 《김용호》
이연숙 《아빠 소설》
서이제 《바보 같은 춤을 추자》
권희진 《일단 믿는 마음》
정이현 《사는 사람》
함윤이 《소도둑 성장기》
백세희 《바르셀로나의 유서》
이현석 《고백의 시대》

위픽은 위즈덤하우스의 단편소설 시리즈입니다.
'단 한 편의 이야기'를 깊게 호흡하는
특별한 경험을 선사합니다.

이 작은 조각이 당신의 세계를 넓혀줄
새로운 한 조각이 되기를.
작은 조각 하나하나가 모여
당신의 이야기가 되기를.

당신의 가슴에 깊이 새겨질
한 조각의 문학, 위픽

위픽 뉴스레터 구독하기
인스타그램 @wefic_book

 - 91

고백의 시대

초판 1쇄 인쇄 2025년 5월 30일
초판 1쇄 발행 2025년 6월 18일

지은이 이현석
펴낸이 최순영

출판2 본부장 박태근
스토리 팀장 김소연
편집 곽선희 김다인 김해지
디자인 윤정아 이세호

펴낸곳 ㈜위즈덤하우스 **출판등록** 2000년 5월 23일 제13-1071호
주소 서울특별시 마포구 양화로 19 합정오피스빌딩 17층
전화 02) 2179-5600 **홈페이지** www.wisdomhouse.co.kr

ⓒ 이현석, 2025

ISBN 979-11-7171-439-1 04810
979-11-6812-700-5 (세트)

값 13,000원

- 이 책의 전부 또는 일부 내용을 재사용하려면 반드시 사전에
  저작권자와 ㈜위즈덤하우스의 동의를 받아야 합니다.
- 인쇄·제작 및 유통상의 파본 도서는 구입하신 서점에서 바꿔드립니다.